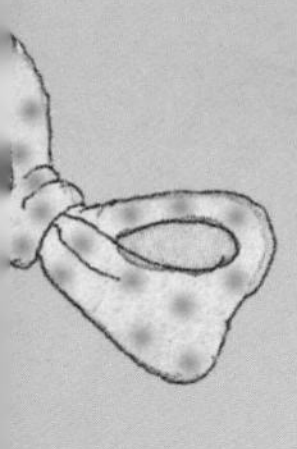

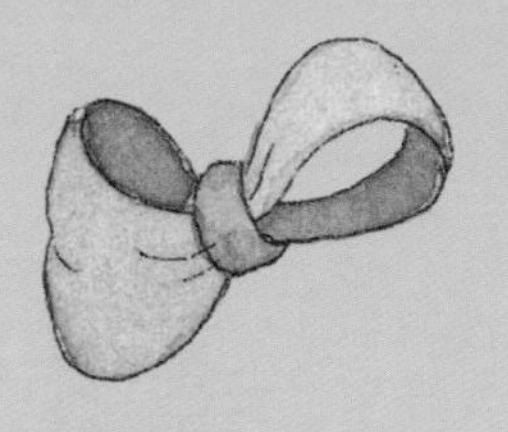

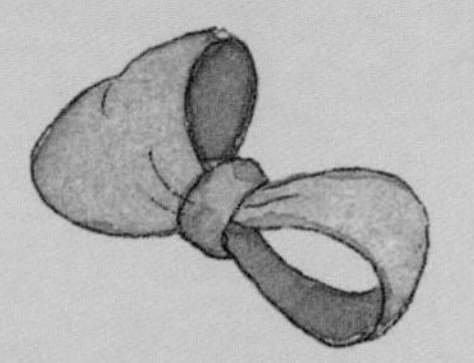

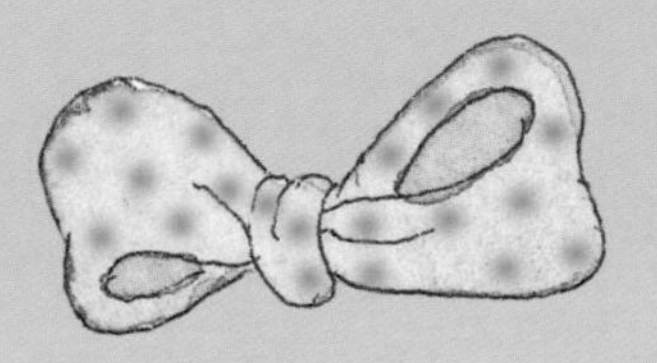

這本可愛的小書是屬於

____________________ 的！

國家圖書館出版品預行編目資料

愛的發條－第一次帶媽媽上街／宇文正著;徐鐵牛繪.－－初版一刷.－－臺北市：三民，2005

面；　公分.－－(兒童文學叢書.第一次系列)

ISBN 957-14-4218-6　(精裝)

850

網路書店位址　http://www.sanmin.com.tw

© 愛的發條

——第一次帶媽媽上街

著作人　宇文正
繪　者　徐鐵牛
發行人　劉振強
著作財產權人　三民書局股份有限公司
臺北市復興北路386號
發行所　三民書局股份有限公司
地址／臺北市復興北路386號
電話／(02)25006600
郵撥／0009998-5
印刷所　三民書局股份有限公司
門市部　復北店／臺北市復興北路386號
重南店／臺北市重慶南路一段61號
初版一刷　2005年2月
編　號　S 856831
定　價　新臺幣貳佰元整
行政院新聞局登記證局版臺業字第〇二〇〇號

ISBN　957-14-4218-6　(精裝)

記得當時年紀小

（主編的話）

我相信每一位父母親，都有同樣的心願，希望孩子能快樂的成長，在他們初解周遭人事、好奇而純淨的心中，周圍的一草一木，一花一樹，或是生活中的人情事物，都會點點滴滴的匯聚出生命河流，那些經驗將在他們的成長歲月中，形成珍貴的記憶。

而人生有多少的第一次？

當孩子開始把注意力從自己的身體與家人轉移到周圍的環境時，也正是多數的父母，努力在家庭和事業間奔走的時期，孩子的教養責任有時就旁落他人，不僅每晚睡前的床邊故事時間無暇顧及，就是孩子放學後，也只是任他回到一個空大的房子，與電視機為伴。為了不讓孩子的童年留下空白，也不願自己被忙碌的生活淹沒，做父母的不得不用心安排，這也是現代人必修的課程。

三民書局決定出版「第一次系列」這一套童書，正是配合了時代的步調，不僅讓孩子在跨出人生的第一步時，能夠留下美好的回憶，也讓孩子在面對起起伏伏的人生時，能夠步履堅定的往前走，更讓身為父母親的人，捉住了這一段生命中可貴的片段。

這一系列的作者，都是用心關注孩子生活，而且對兒童文學或教育心理學有專精的寫手。譬如第一次參與童書寫作的劉瑪玲，本身是畫家又有兩位可愛的孫兒女，由她來寫小朋友第一次自己住外婆家的經驗，讀之溫馨，更忍不住發出莞爾。年輕的媽媽宇文正，擅於散文書寫，她那細膩的思維和豐富的想像力，將母子之情躍然紙上。主修心理學的洪于倫，對兒童文學與舞蹈皆有所好，在書中，她描繪朋友間的相處，輕描淡寫卻扣人心弦，也反映出她喜愛動物的悲憫之心。謝謝她們三位加入為小朋友寫書的行列。

當然也要感謝童書的老將們，她們一直是三民童書系列的主力。散文高手劉靜

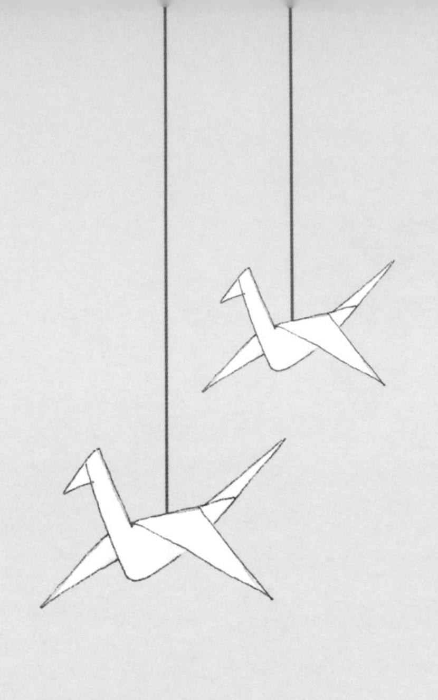

裡，我們扮演的角色何妨偶爾嘗試掉換改變？可不可以偶爾由孩子做早餐？可不可以讓孩子來認路？可不可以某些事情讓孩子來做決定？比如爸爸的生日禮物。可不可以偶爾讓媽媽做一個被照顧、被家人深愛著的小孩？何必等到媽媽病了！孩子比我們想像得堅強、勇敢，但你必須給他機會。

對了，故事裡，媽媽在那個生日蛋糕前許下的願望，其實是：上帝啊，請給我時間，我一定要陪伴他長大！

宇文正

愛的發條

第一次帶媽媽上街

宇文正／著
徐鐵牛／繪

小揚要帶媽媽上街。

OK

以前都是媽媽帶著他，
媽媽牽著他過馬路，
媽媽扶他上公車，
媽媽幫他拿背包，
媽媽站著、小揚坐；
睡著了也沒關係，
媽媽不睡，媽媽
要看站牌、
要認路。

今天小揚帶媽媽出門，他們要去百貨公司給爸爸買生日禮物，明天就是爸爸的生日了。

上個月媽媽剛過生日，媽媽、爸爸的生日剛好相差一個月。

媽媽生日的後一天就要
去醫院開刀，媽媽生病了。
媽媽告訴小揚，她得了
初期的乳癌，要在乳房上
開一刀，把腫瘤拿掉。
他哭著問爸爸，
「媽媽會不會死掉？」
爸爸說不會，他說媽媽
還年輕，她會好起來，
可是爸爸的眼眶也紅了。
媽媽沒有哭。

媽媽對著生日蛋糕認真的許願，她閉上眼睛。

your Day!

　　媽媽開完刀之後手變得不大靈活，她每天拿一顆「復健球」在手裡捏，或把手放在牆壁上往上爬。媽媽說：「再過兩個月，我就會像正常人一樣好了！」但是媽媽現在的手還不能平衡，不能拿重的東西，她的傷口也還會痛。

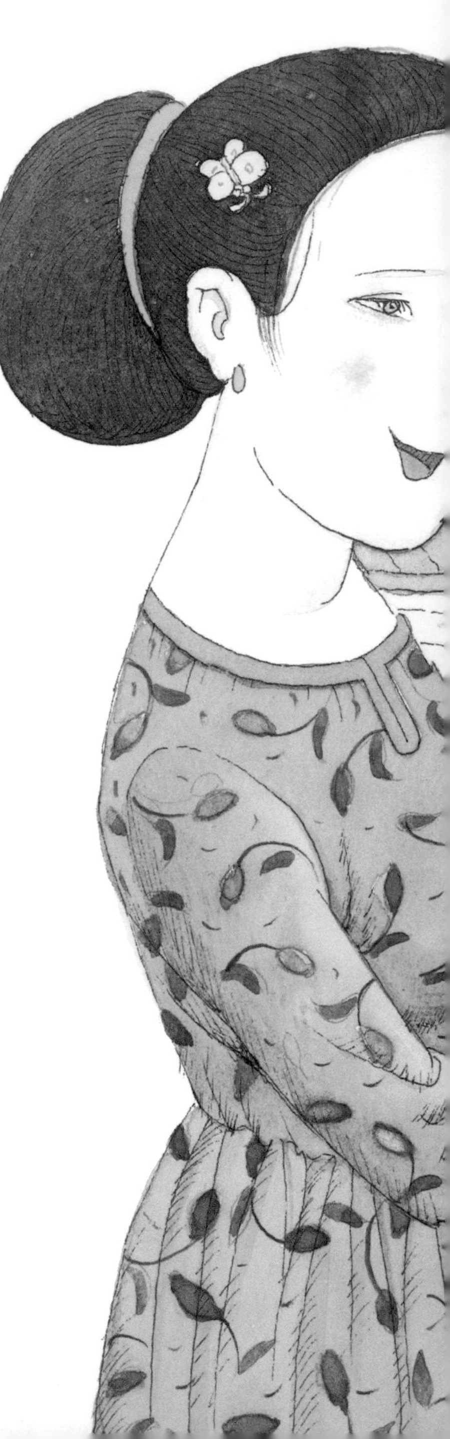

OKGFH

他們坐地下鐵去百貨公司，小揚希望能剛好看到咕咕鐘報時。

現在是下午兩點四十分，希望到百貨公司的時候，不要超過三點鐘。

地下鐵是咕咕鐘的發條，嚕嚕嚕嚕，有人不停轉著發條。

小揚已經六歲了，
他會認很多的字，
媽媽走到哪兒，
總是指著各處的招牌
教小揚認字。可是
媽媽睡著了。小揚
專心看著車廂門上方
閃動的字，等到顯示
忠孝復興站的時候
就要叫醒媽媽下車。

忠孝復興站

忠孝復興站到了，
好多人擠著下車。
小揚害怕別人撞到
媽媽的傷口，
他努力擋在
媽媽的身前，
可是他太矮了。
他想，今天開始
每天要多吃
一碗飯，一定
要趕緊長高，
要長得比媽媽
高才可以。

終於走上了電扶梯，
電扶梯把他們吐到
百貨公司前面，
「啦啦啦啦啦——」
剛好咕咕鐘的小玩偶
跳出來唱歌了。

　媽媽蹲下來，攬著
小揚的肩膀，陪小揚
看著咕咕鐘唱歌，
在他耳邊輕輕問：
「你想要給爸爸買
什麼禮物？」

小揚想了想，「爸爸也許會想要一個可以轉發條的手錶？」媽媽笑了：「是你想要吧！我們去找找看。」

小揚好喜歡有發條的東西，手錶、音樂盒、機器人、節拍器……

轉了發條，就會計時、唱歌、走路、數拍子……

「媽咪，妳幫我轉發條，我就會變得很有力量喔！」

媽媽笑著輕輕捏小揚的耳朵，「噠噠噠噠……」假裝轉著發條。

「好了！我現在是神力金鋼！」

小揚把媽媽的皮包接過來，掛在自己的肩上。

KAN

他覺得自己是
大哥哥了。

寫書的人

宇文正

本名鄭瑜雯，東海大學中文系畢業，美國南加大東亞語言與文化研究所碩士。曾經擔任《風尚》雜誌主編、《中國時報》文化版記者、漢光文化編輯部主任、主持電臺「民族樂風」節目，現任《聯合報》副刊組編輯。著有短篇小說集《貓的年代》、《台北下雪了》、《幽室裡的愛情》；散文集《這是誰家的孩子》、《顛倒夢想》；長篇小說《在月光下飛翔》等。

畫畫的人

徐鐵牛

1958年10月生於中國杭州，1986年畢業於中國美術學院，現任美術副編審。自1989年以來，在少兒連環畫創作上勤於耕耘，至今已發表作品數以千計，而且碩果累累。其中插圖作品《半小時媽媽》獲冰心圖書特等獎，《當世界上只有皮皮一個人的時候》繪畫本在第二屆華東書籍設計雙年展中榮獲插圖一等獎，《潔白的花瓣》插圖被選入中國第二屆少兒讀物插圖展並獲優秀作品獎，《阿挑歷險記》十幅插圖被中國文化部和中國美協選入第十屆全國美展，並獲得了浙江展區的優秀作品獎。

小揚帶著媽媽到百貨公司幫爸爸買禮物，好期待看到咕咕鐘裡的小玩偶出來唱歌、跳舞。你是不是也想有一個特別的時鐘呢？告訴你，用家裡的面紙盒也可以做出屬於自己的咕咕鐘喔！一起試試看吧！

面紙盒、色紙、粉彩紙、大頭針、剪刀、膠水、色筆。

(1)用粉彩紙剪一個半徑5cm的圓形。

(2)在圓形上寫出1～12的阿拉伯數字，代表時鐘的鐘面；再用色紙剪出長針和短針，用大頭針固定在鐘面中心點。

(3)按照面紙盒的底面大小，用粉彩紙剪出一個長方形。

(4)在長方形上貼出或畫出自己喜歡的圖案，記得中間要留空位給鐘面喔！

(5)將步驟(4)所完成的長方形貼在面紙盒上，再貼上步驟(2)所完成的鐘面。小心喲！不要被大頭針刺到。

(6)看，咕咕鐘完成了！

這個鐘的長短針是可以轉動的喲！小朋友，你可以說出現在是幾點幾分嗎？

兒童文學叢書
・第一次系列・
童年無法NG，生命不能重來
三民書局最新出版
兒童文學叢書・第一次系列・
提供孩子生活所需的智慧維他命，
與孩子共享生命中的成長初體驗！